8° Z
11305
(14)

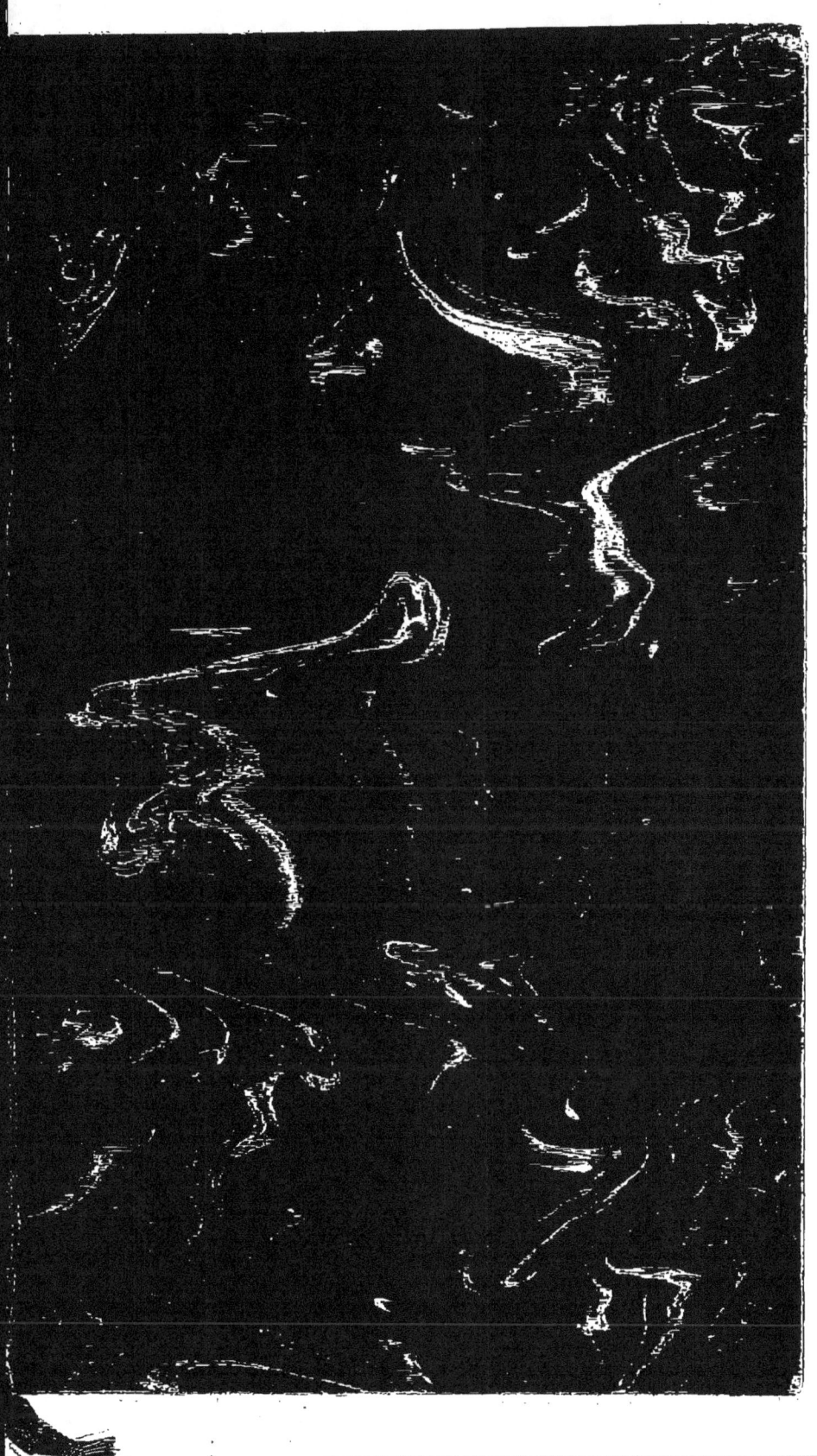

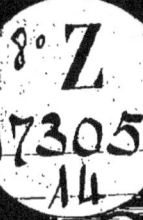

Gustave Le Bon
et son Œuvre

PAR

EDMOND PICARD
Professeur à l'Université de Bruxelles

AVEC UN PORTRAIT ET UN AUTOGRAPHE

PARIS
MERCVRE DE FRANCE
XXVI, RUE DE CONDÉ, XXVI

MCMIX

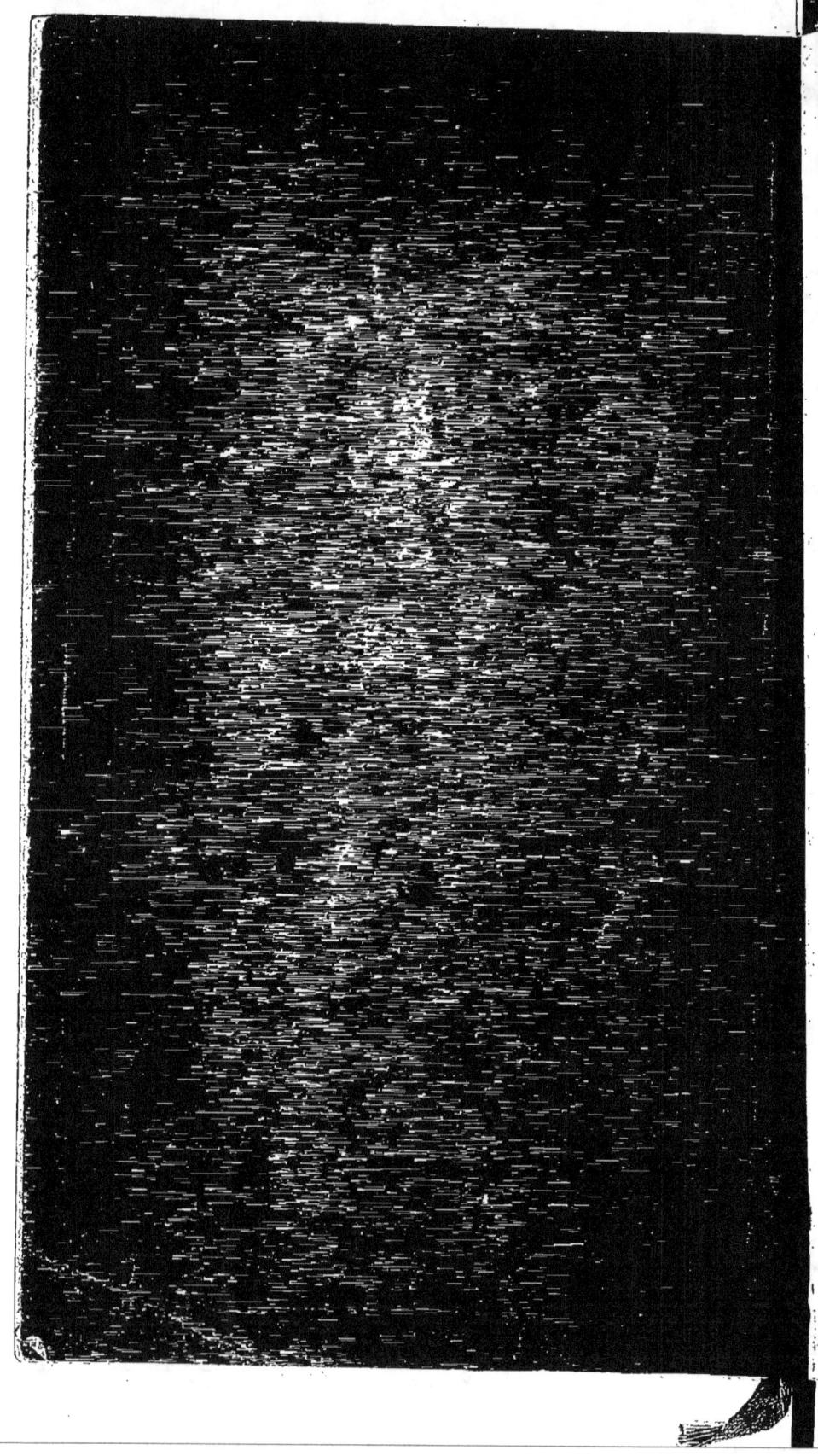

GUSTAVE LE BON

ET SON ŒUVRE

8° Z

17305 (14)

La raison a plus de mystères que celle
j'en éclairait.

Madame de Croÿ

Gustave Le Bon

et son OEuvre

PAR

EDMOND PICARD

Professeur à l'Université de Bruxelles

AVEC UN PORTRAIT ET UN AUTOGRAPHE

PARIS

MERCVRE DE FRANCE

XXVI, RUE DE CONDÉ, XXVI

—

J'ai beaucoup lu les œuvres de Gustave Le Bon, j'ai peu fréquenté l'homme. Insuffisamment pour le pénétrer, assez pour lui attribuer une psychologie à ma manière.

Je connais trop, par l'expérience de la vie, la différence, souvent énorme, qu'il y a entre l'être qui écrit et l'homme réel, pour croire qu'en lisant les livres, où l'on s'épanche peu, voire les lettres, où souvent on s'épanche trop, il est possible de se faire une idée exacte de l'âme ou des actions de leur auteur. Il semble que la Nature affectionne ce dédoublement bizarre qui justifie la conception latine de l'*Homo Multiplex :* la vie publique s'opposant à la vie privée, l'homme visible à l'homme intime.

De notre temps, on désire néanmoins être renseigné sur l'un et l'autre. Mieux que ceci : on désire savoir l'influence de l'un sur l'autre, soit comme résistance, soit comme confirmation réciproques, dans une vision d'ensemble d'ordinaire aussi difficile à dégager qu'à décrire. Une préférence, maladive ou perverse, s'affiche même pour le confidentiel de l'existence de ces surhommes à qui on suppose, souvent à tort, des dessous sans accord avec l'humanité commune et par cela même alléchants.

Je me déclare impuissant à analyser cet enchevêtrement pour Gustave Le Bon et dès lors à mon récit les indiscrétions savoureuses manqueront, sinon à sa vie les aventures cachées. A peine eus-je de celles-ci quelques rumeurs.

Je dois me borner à son activité scientifique, très belle et magnifiquement abondante. Peut-être le complément sera-t-il fourni un jour par quelque admiration ou quelque affection qui l'aura fréquenté de plus près, sans qu'on puisse prévoir si ces révélations augmenteront ou diminueront les sympathies et sa gloire. Un philosophe a donné aux penseurs ce conseil qu'on peut supposer sage : Ami, cache ta vie et répands ton esprit !

§

Gustave Le Bon est né à Nogent-le-Rotrou, dans l'Eure-et-Loir, au sud-est de Paris, antique cité qui finit par appartenir féodalement à Sully.

La famille de Gustave Le Bon était à la fois bourguignonne et bretonne. Les armoiries en sont enregistrées dans l'Armorial général de la Noblesse par d'Hozier en 1698.

Il y a, parmi ses ancêtres, des magistrats et des militaires, la Robe et l'Epée. Je préciserai plus loin. Bref assez d'aristocratie pour satisfaire qui en a la vanité, précieuse aux uns, puérile aux autres.

Au dire de ceux qui vécurent dans son accointance, il a, au moral, plutôt le caractère breton, l'opiniâtreté, l'esprit de contradiction, la logique positive de la pensée, la taciturnité, l'amour de l'isolement et de la méditation, l'individualisme poussé jusqu'aux limites où il menace de se confondre avec l'égoïsme.

Quant au physique, il me paraît plutôt bourguignon, du type aux yeux et aux cheveux foncés souvent ondulés, au teint légèrement basané, à la taille plutôt élevée, à la tête ronde, brachycéphale, qui (des milliers d'observations et de mensurations l'ont constaté) s'est essaimé depuis les rives orientales de l'Adriatique jusqu'à la mer du Nord, dans les vallées du Pô, du Rhône, de la Saône, de la Meuse, en Lombardie, Savoie, Bourgogne, Lorraine, Luxembourg, pays de Liège et Zélande, sans qu'on sache si ceux d'ici viennent de là-bas ou si ceux de là-bas viennent d'ici. Qui déterminera avec certitude l'origine lointaine de n'importe lequel d'entre nous ?

§

Il fit ses « humanités » au lycée de Tours, où il fut dans la catégorie des élèves médiocres, invariablement la plus nombreuse, — mais aussi la plus féconde en bons échantillons humains, parce qu'elle est la plus indifférente aux matières si bizarrement accumulées dans les programmes officiels, inassimilables, par leur arbitraire, aux mentalités indociles. Il en prit juste ce qu'il fallait pour franchir les écluses de la canalisation réglementaire de l'enseignement, fit de même pour les études supérieures, et parvint ainsi à être finalement diplômé docteur en Médecine. Cette allure d'indépendance et d'originalité devait se maintenir tout au long de sa vie et être un des principaux facteurs de ses découvertes et de sa célébrité en même temps que de quelques déboires.

I

Les voyages « au grand lointain », au long
cours terrestre, sont un naturel exutoire pour
les âmes insoumises. Si elles n'y sortent pas de
tout contact humain, au moins y sont-elles dé-
barrassées des contacts habituels, ce qui équivaut
à un simulacre de liberté.

Gustave Le Bon en usa largement. Il pointa
en Angleterre, en Italie, en Espagne, en Polo-
gne, en Russie. Il se risqua au Maroc. Il visita
l'Egypte et la Palestine. Enfin, il partit pour les
Indes, investi d'une mission gouvernementale,
due à la faveur ou à l'appréciation de ses méri-
tes naissants, je ne sais.

§

Ce sont les relations de ses premières expédi-
tions qui attirèrent sur lui l'attention.

Il était parti pour les Monts Tatras, ce massif le plus élevé et le plus pittoresque des Karpathes, s'allongeant de l'Ouest à l'Est, entre la Galicie au Nord et la Hongrie au Sud, dressant sa cime majeure, la pointe de Gerlach, à plus de deux mille cinq cents mètres, évacuant de ses flancs des sources minérales parmi les forêts d'épicéas et de mélèzes.

Une mentalité comme la sienne ne pouvait se contenter des aspects séducteurs de l'Esthétisme de la Nature. Tourné surtout vers les phénomènes sociaux auxquels ses livres devaient apporter une contribution exceptionnelle, il étudia de près les habitants à demi barbares de ces lieux écartés, formant sur la carte de l'Europe un îlot, dans des conditions analogues à celles des Ossètes du Caucase. Il fit converger ses observations vers la démonstration de cette vision anthropologique : qu'une population, presque isolée de la vie générale par la relative inaccessibilité de montagnes escarpées et sauvages, peut, par l'influence du milieu et des croisements entre congénères, prolongés durant des siècles, arriver à former un groupe d'une homogénéité intense, auquel il est, apparemment, présomptueux de donner le titre de « race », mais qui constitue, tout au moins, une espèce, une variété ethnique très déterminée.

Ce travail parut dans le *Bulletin de la So-*

ciété de Géographie de Paris et dans *le Tour du Monde*.

§

Mais ce n'était qu'une préparation à un voyage d'une considérable importance dans un pays où jusque-là aucun Français n'avait pénétré, le Népal.

C'est ce royaume beaucoup plus grand que la France, ayant la Chine au Nord, enchâssé dans une immense échancrure de l'Inde Anglaise, rectangle de deux cents lieues de large, suspendu aux flancs de l'Himalaya, le plus gros renflement montagneux de la Terre, comme un belvédère en pente d'où l'on pourrait voir au Sud tout l'empire hindoustanique,—à population rare, pas plus de trois millions. Pays imposant, forestier, sauvage, où, selon les altitudes, poussent le cerisier et l'arbre à thé, l'olivier et la canne à sucre, l'ananas et le tabac, l'orge et le riz. Une de ces contrées dont rêve l'Européen, et surtout l'Européenne, comme d'un Eden, mais qui, dans la réalité, est cruel au voyageur

Gustave Le Bon le parcourut avec une escorte et tout un matériel de campement.

Sa moisson de renseignements fut magnifique !

Les monuments d'abord, presque tous inconnus, dont l'étonnante architecture fut révélée par ses photographies reproduites dans *le Tour du Monde*, et plus tard par les superbes aquarelles de la première édition de son grand ouvrage *les Civilisations de l'Inde*, dont je parlerai bientôt.

Ce fut ensuite une étude approfondie sur les causes de la disparition, dans l'Inde, du Boudhisme, cette doctrine plus philosophique que religieuse, fondée aux confins du Népâl, par Câkya-Mouni, ce Christ, ce Mahomet asiatique qui, en présence de la « cruelle énigme » de l'existence du mal, enseignait à se libérer des misères de la vie et de la renaissance perpétuelle, de la transmigration des âmes, en conquérant l'éternel repos par l'anéantissement de la conscience de soi, de la personnalité dont sont doués pour leur bon ou leur malheur si peu d'êtres dans l'immense et sourd amalgane de l'Univers. Le classique Nirvâna ! Prêché cinq ou six siècles avant notre ère, il n'existait plus dans la Péninsule dès le XIᵉ siècle, attestant une fois de plus que les Religions sont, comme tout, éphémères, même celles que l'Humanité crut les plus belles, les plus consolantes et les mieux douées de perpétuité.

La question n'est pas de savoir si elles disparaissent, mais comment elles disparaissent, et c'est une solution de ce grand problème social qu'entreprit Gustave Le Bon en s'appuyant sur l'étude des monuments.

On enseignait alors que le Boudhisme qui, présentement, n'est plus pratiqué que dans le Népâl et à Ceylan, avait disparu par la persécution. Gustave Le Bon prouva qu'il a été peu à peu résorbé par le Brahmanisme, pour former, sous l'étiquette de ce dernier, et par un phénomène métamorphique, une sorte de métempsychose sociale, un total nouveau où les deux doctrines se retrouvent modifiées l'une par l'autre.

§

Muni de documents et d'observations innombrables, l'esprit largement ouvert et abondamment fructifié par plusieurs de ces voyages

Qui nous font vieillir vite et nous changent en sages
Au sortir du berceau,

il consacra plus de dix années de sa vie, non pas à en écrire le récit selon le mode habituel, mais à en faire la base et l'aliment de quatre ouvrages où la description n'est que l'occasion des considérations artistiques, historiques et philosophiques les plus ingénieuses, les plus hautes et les plus pénétrantes.

C'est d'abord *la Civilisation des Arabes*, parue en 1884, dithyrambe magnifique et peut-être exagéré, en l'honneur d'une race qui eut une singulière aptitude à faire exprimer ses besoins esthétiques par les peuples à génie progressif qu'elle conquérait, mais qui, finalement, apparaît significativement stagnante depuis que, livrée à elle-même, elle est réduite à tout tirer de son propre fond.

Puis, en 1887, *les Civilisations de l'Inde*, continuant l'exposé des visions de l'auteur sur ces contrées orientales, en allant davantage vers l'intérieur de l'Asie massive et mystérieuse.

C'est, ensuite, en 1889, *les Premières Civilisations de l'Orient*, ou crues telles par nos insuffisants renseignements archéologiques, l'Egypte, la Judée, l'Assyrie, etc., ouvrage qui, logiquement, eût pu paraître avant celui dont je viens de parler.

C'est, enfin, en 1893, *les Monuments de l'Inde*, complément impressionnant du deuxième.

Cette splendide et puissante tétralogie fut publiée dans des conditions de typographie, de cartographie et d'illustration rarement égalées. Chacun des volumes contenait plusieurs centaines de gravures, la plupart d'après les photographies du voyageur.

L'aspect général d'une telle encyclopédie demeure, après tant d'années écoulées, saisissant et commande la persistance de l'admiration et de la gratitude. Elle représente un labeur formidable, un de ces labeurs qu'on ne commencerait

jamais si on prévoyait ce qu'il devra être. Heu-
reusement que le Destin prend la précaution d'a-
veugler là-dessus l'artisan.

Ce n'est pas dans les bibliothèques et de
seconde main que Gustave Le Bon se procura
les matériaux de cette œuvre imposante. Il eut
la coquetterie héroïque d'aller les recueillir lui-
même sur place, dans cette bibliothèque autrement sûre et riche qu'est la réalité, dont les
monuments sont les livres de pierre, livres qui
ne mentent pas à qui sait en déchiffrer les hiéro-
glyphes architecturaux. Il put constater à quel
point les récits des voyageurs et des historiens
sont souvent de pures fantaisies. Il fortifia sa
tendance naturelle à la défiance, à ne pas se
payer de mots, qui est une des dominantes de
son originale intellectualité, réfractaire à tout
joug, incapable de se plier aux idées toutes faites
et à ce classicisme scientifique qui, s'il est un
élément conservateur des doctrines admissibles,
est aussi la puissance réactionnaire qui fait
entrave aux progrès.

§

Ces années d'un travail acharné et fécond
s'écoulèrent dans la solitude et la quasi-tacitur-
nité dont je parlais plus haut et qui, au temps de
Guillaume d'Orange, l'eussent probablement fait

2

nommer, comme le grand Flamand, « Le Tai-
seux ». Pourtant, quand une occasion favorable
éveillait chez lui la causerie, un entrain de
paroles l'animait en des propos tantôt frivoles,
plus souvent profonds et empreints de scepti-
cisme. Cette âme est sarcastique comme la plupart de celles qui vont trop aux souterrains des
choses.

Il ne se maria pas. Son besoin d'indépendance répugnait à cet asservissement social dont
les disciplinaires devoirs, trop nobles, sont, en
général, au-dessus des possibilités de l'humanité
européenne contemporaine.

La Femme eut-elle alors, avant ou depuis, part
à sa vie? Apparemment, puisque c'est une des
consommations dont les vraies virilités ne se
passent guère et qui, si elles les troublent et les
déroutent fréquemment, leur procurent aussi des
heures de félicité savoureuse, fatigantes parfois
pour les muscles et les nerfs, mais éminemment
distractives pour le cerveau.

Est-on indiscret quand on parle d'aventures
que tout le monde connaît? Si non, je dirai que
le bruit public parisien lui attribue une liaison,
durable plus que de coutume et pourtant éteinte
comme il sied à ces sentimentalités, avec une
Ecrivaine fort notoire qui publia là-dessus une
œuvre, panachée de prose et de vers fort pas-
sionnés. On y trouve de très intéressants aper-

çus sur le caractère de notre personnage. Exacts ou inexacts ? Que vaut une amoureuse pour faire le signalement de son amoureux aussi longtemps que dure son amour? C'est après, quand le feu d'artifice est éteint, qu'il faut y aller voir et alors la balance, souvent, penche trop de l'autre côté.

II

ÉCRITS SCIENTIFIQUES DIVERS. — Recherches sur les dimensions du crâne humain. — Critique et rectification du
procédé des moyennes. — Méthodes graphiques et appareils enregistreurs nouveaux. — Analyse de la Fumée
des Tabacs. — Les levers de plans photographiques.
— Recherches sur l'Equitation. — Nouveaux procédés
de Dressage.

Si, dans la sommaire et rapide analyse de ses
travaux, j'avais suivi un ordre rigoureusement
chronologique, j'aurais parlé déjà d'écrits curieux
parus à ses débuts dans l'art de penser en écri-
vant. J'ai préféré marquer tout de suite l'importance de sa personnalité par des œuvres plus
considérables et universellement connues.

Mais pour que le portrait de ce cerveau d'une
agitation intérieure inépuisable et prodigieuse-
ment variée soit complet, je ne puis passer sous
silence ses travaux secondaires.

Dès 1879, l'Académie des Sciences et la
Société d'Anthropologie de Paris « couronnent »
(c'est le mot, quoiqu'il n'y ait plus aucune cou-

ronne là-dessus) un mémoire intitulé *Recher-*
ches anatomiques et mathématiques sur les lois
des variations du volume du crâne.

La mathématique mise, dès le titre, au même
rang que l'anatomique, c'est bien du Gustave
Le Bon.

Il y reprenait les observations faites un peu
partout, au cours de la seconde moitié du dernier siècle, sur les crânes humains. On sait que ce
fut une manie. Les anthropologistes marchaient
moins sans craniomètre que sans montre, et sou-
mettaient à leurs mensurations les passants
étonnés et inquiets. J'ai vécu ces jours scientifiques et maniaques.

Tant d'observations positives n'aboutissaient
qu'à des résultats indécis pour la détermination
des facultés intellectuelles des groupes humains,
facultés, en général, en rapport, comme intensité et comme qualité, avec la capacité de la ver-
tèbre « capitale » qui, au cours de l'évolution,
s'est agrandie aux proportions de la boîte crâ-
nienne. C'est qu'on procédait par des « moyennes »
déduites des dimensions additionnées d'un grand
nombre de constatations, et que les moyennes
font disparaître, en les atténuant avec excès, les
différences individuelles. Ceci servait merveilleusement les partisans d'une humanité unique
comme le fut, entre autres, avec obstination,
Quatrefages pas plus fort à cet égard que les

naïfs qui admettent la légende du couple atavi-
que unique : les extrêmes se touchent.

Gustave Le Bon délaissa ce procédé classique
et s'attacha aux cas individuels caractéristiques
dans les principaux groupes raciques. Il lui fut
alors aisé de démontrer que ce qui distingue une
race supérieure d'une race inférieure, c'est que
pour un même nombre d'individus, la première
contient plus de crânes très développés que la
seconde qui, parfois, n'en contient pas du tout.
Résultat essentiel et décisif! C'est donc moins
par les foules que par les sujets d'élite que les
races diffèrent. La méthode des moyennes mas-
quait cette constatation parce qu'elle amenait,
dans l'ensemble, des indices numériques insi-
gnifiants.

Poussant ses déductions à de plus significati-
ves conséquences, l'auteur du Mémoire énonçait
qu'à mesure qu'une race se civilise les crânes
des unités qui la composent prennent des écarts
de plus en plus grands, ce qui conduit à cette
prévision que ce n'est pas vers l'égalité intellectuelle que la civilisation mène, mais vers une
inégalité plus marquée. L'égalité anatomique et
psychologique n'existe que chez les individus de
races tout à fait inférieures. Entre les membres
d'une tribu sauvage, tous adonnés aux mêmes
occupations, la différence est inévitablement
minime.

Et il ajoutait que cette différenciation se manifeste également entre les deux sexes. Chez les peuples inférieurs ou dans les couches inférieures des peuples supérieurs, l'homme et la femme sont intellectuellement très voisins. A mesure, au contraire, que les peuples se civilisent, l'écart entre les sexes augmente incessamment.

§

La même année 1879, il fit paraître *la Méthode graphique et les appareils enregistreurs*, *contenant la description des nouveaux instruments de l'auteur, avec 63 figures.*

Cet ouvrage donne la description de divers appareils qu'il imagina à l'époque où il s'occupait de recherches physiologiques. Pour obtenir le mouvement régulier des cylindres enregistreurs, il substitua au régulateur de Foucault un pendule biconique. Ses recherches le conduisirent à la construction d'appareils nouveaux qui figurèrent à l'exposition de 1878. Parmi eux était une horloge qui se remontait toute seule en utilisant les variations diurnes de la température. *Miscebat utile dulci.*

§

Et voici qu'en 1880 il s'occupe du Tabac et de sa Fumée !

Il avait fréquenté assidûment le laboratoire de Fremy au Museum et y avait acquis des connaissances qui, introduites dans un cerveau à pénétration aussi aiguë, atteignirent promptement un étiage au-dessus de l'ordinaire.

Ayant remarqué que les tabacs d'Orient, dans les feuilles desquels la chimie ne trouvait aucune trace de nicotine, agissaient, pourtant, d'une façon toxique sur l'organisme, il supposa que ces propriétés devaient résulter de la présence de corps inaperçus. Au lieu d'analyser les feuilles elles-mêmes, comme on l'avait fait jusque là, il porta ses recherches sur la fumée résultant de la combustion du tabac telle qu'elle est absorbée par le fumeur. Il y découvrit des corps connus, mais dont la présence dans la fumée du tabac était fort imprévue tels que l'oxyde de carbone et l'acide prussique, mais, en outre, une série d'alcaloïdes nouveaux appartenant à la série pyridique, beaucoup plus toxiques que la nicotine. Ces résultats furent vérifiés et complétés quelques années plus tard dans un travail fait en commun avec Armand Gautier, professeur de chimie à la Faculté de Médecine de Paris. La méthode employée par Gustave Le Bon était tellement précise qu'elle fut adoptée plus tard par l'illustre chimiste Moissan pour ses recherches sur la fumée de l'opium.

§

Et puisque j'en suis à l'énumération de ces virtuosités, à côté de ce qu'on pourrait croire les préoccupations dominantes d'un aussi rare personnage, je fais, pour la compléter, un saut en avant et signale *les Levers photographiques*; *Exposé des méthodes de lever de cartes et de plans employées par l'auteur pendant ses voyages; deux volumes illustrés parus en 1889.*

La genèse de cet ouvrage est intéressante parce qu'elle montre les procédés de travail de Gustave Le Bon et la difficulté qu'il éprouve à accepter d'emblée ce qui est dans les livres. Il lui semble plus expédient et plus simple d'imaginer des méthodes nouvelles que d'apprendre les méthodes anciennes. Cela devait, au cours de sa vie laborieuse et silencieuse, le servir merveilleusement. Créer, pour certains esprits, est plus facile que comprendre.

Voici comment il fut conduit à écrire cet ouvrage.

Quand il se préparait à partir pour étudier les monuments de l'Inde, il prévoyait que, complémentairement à leur photographie d'aspect, il lui faudrait déterminer leurs dimensions, construire leur plan et recueillir maint autre renseignement, afin de ne pas rester un voyageur banal et superficiel. Pour s'instruire sur la technique de ces opérations, il pria un officier d'état-major de lever avec lui le plan d'une partie du fort du Mont-Valérien. L'opération dura une journée. Elle eut pour conséquence de lui prouver, d'abord qu'il n'arriverait jamais à s'assimiler les méthodes classiques ; ensuite, que, même en supposant cette assimilation complète, il lui faudrait bien un siècle pour étudier les monuments de la péninsule hindoustanique.

Il importait donc de trouver autre chose. Après quelques semaines, il avait découvert les méthodes qu'il employa durant son voyage.

Elles furent exposées d'abord dans un court mémoire rédigé au milieu de circonstances bizarres et pittoresques dont le récit sera un hors-d'œuvre reposant dans l'exposé grave auquel je m'applique.

C'était au Népâl. C'était en palanquin. C'était avec l'escorte des natifs qui se relayaient pour le porter. C'était dans la forêt épaisse qui forme un ourlet de verdure au pied des passes de l'Himalaya. C'était dans une région infestée par la faune asiatique redoutable, tigres, panthères, serpents. La nuit venait. Le palanquin fut déposé au milieu d'un site sauvage et les serviteurs partirent pour chercher, disaient-ils, dans un village voisin, des torches destinées à tenir écartés les fauves. Soit qu'il y eût là de particulières attractions, soit qu'ils fussent d'avis que la mise en quartiers de leur voyageur et le partage de ses dépouilles seraient une riche aubaine, les gaillards ne revinrent pas. Gustave Le Bon, inquiet, entendant des rauquements et des rugissements de mauvais augure, crut prudent d'allumer, au lieu de torches, des bougies dont il avait une ample réserve. Tel qu'un saint entouré des cierges offerts par les pèlerins, il rêvait aux vicissitudes des lointains voyages et à l'ennui des attentes, quand, à sa pensée flottant dans le vague, vint furtivement la préoccupation de ses procédés de perspective photographique, bientôt suivie du besoin de les fixer par l'écriture. Et il se mit à écrire! Et il s'y absorba tellement, comme Archimède dans son bain, *sævis tranquillus in undis,* qu'il écrivit toute la nuit, qu'il écrivait encore quand « l'Aurore aux doigts de rose..... », on connaît la suite : si on ne la connaît pas, elle est dans Homère.

§

Le succès de ce livre fut grand chez les spécialistes. Le Colonel Laussedat, membre de l'Académie des Sciences, professeur au Conservatoire des Arts et Métiers, citait souvent les méthodes de Gustave Le Bon dans ses écrits et dans ses cours. Le Commandant du génie Legros écrivit un traité de photogrammétrie uniquement pour les développer : il le dit dans sa préface. L'ingénieur Edouard Monet, dans son ouvrage intitulé « Principes fondamentaux de la photogrammétrie », déclare que *les Levers photographiques* de Gustave Le Bon sont une révélation.

§

Et voici mieux encore dans le domaine de l'Imprévu !

Ouvrez de grands yeux. C'est : *l'Equitation actuelle et ses principes ; Recherches expérimentales, avec 73 figures et un atlas de 200 photographies instantanées.*

Il monte donc à cheval, ce Monsieur qui se fait porter en palanquin ? — Oui, il monte à cheval. Il monte même très bien à cheval. Et, mieux que ça, il connaît le cheval. Non pas à la manière de Buffon, « en peintre » et en littérateur, mais à la manière d'un parfait cavalier.

La genèse de ce curieux ouvrage contribue à montrer la méthode de travail de Gustave Le Bon et sa façon spéciale d'éclairer d'un jour nouveau les questions où il pénètre.

C'est un savant en marge, un franc-tireur scientifique ! Mais de quelle ingéniosité, de quelle adresse, de quelle pénétration, de quelle originalité ! Confusionnantes assurément pour les officiels et dès lors (sans succès, au reste), mis par eux en quarantaine. Il est dangereux de déranger les habitudes et surtout les certitudes. J'aurai occasion d'en parler encore.

S'il était un sujet qui pût paraître banal et usé, c'était, certes, l'Equitation ! Des milliers de mortels l'ont pratiquée depuis les temps immémoriaux et des centaines de professionnels en ont écrit.

Gustave Le Bon est parvenu à renouveler entièrement le sujet. Il a montré que les livres répétaient sans cesse les mêmes erreurs, auxquelles cette répétition seule donnait de l'autorité.

Son livre a été l'objet d'innombrables commentaires et est aujourd'hui classique pour l'enseignement de l'équitation dans les écoles de cavalerie. C'est qu'il a pu, grâce à la chronophotographie, étudier les allures vraies du cheval, faussées dans leur figuration par les plus grands artistes, et montrer comment on pouvait les modifier par le dressage, économiser la fatigue de l'animal, prolonger ainsi sa durée. Il a fait voir que les formes du galop étudiées par Marey et les auteurs les plus récents étaient des allures artificielles ne correspondant nullement à la réalité.

Mais ce qu'il a le plus étudié dans cet ouvrage c'est « la Psychologie du Cheval ». C'est sur elle qu'il a édifié ses méthodes de dressage. Ses premières recherches sur ce point furent publiées dans la *Revue Philosophique*. Il y exposait comment on établit un langage conventionnel entre le cheval et l'homme par le mécanisme des associations de gestes et d'idées. Il y affirmait surtout que l'éducation d'un être quelconque, cheval ou enfant, repose sur les mêmes principes. Ces principes, il devait les développer longuement dans sa *Psychologie de l'Éducation*.

Ce fut une circonstance fortuite qui l'amena à s'occuper de cette spécialité équestre. Pendant ses voyages, il avait monté à cheval comme un cavalier quelconque, ne considérant l'animal qu'en simple moyen de transport. Un jour, dans la banlieue de Paris, sur un cheval difficile, il fut emballé dans des circonstances très dangereuses qui auraient pu lui coûter la vie. L'impression fut si violente qu'immédiatement son cerveau eut la vision de la nécessité de nouvelles recherches sur les moyens d'éviter les catastrophes de ce genre, si fréquentes. Il alla d'abord dans les manèges pour se perfectionner et eut vite découvert l'empirisme, la plupart du temps maladroit, de ce qu'on y enseigne. Il se mit alors à rechercher par lui-même avec cette obstination et cette concentration de pensée dont la nuit du Népâl est un symbole. Et un livre en sortit.

III

Mais je reviens au principal de cette activité
extraordinaire et à ce qui fit surtout le fonde-
ment de sa célébrité, actuellement assise sur
une base solide et incessamment grandissante,
malgré les résistances des envieux et des « vieux
jeu » qui s'irritent contre les renommées qui vont
à la gloire autrement que par les chemins battus
et les appuis gouvernementaux. C'est la bande
fâcheuse des officiels, aidés par l'escadron des
arrivistes qui voltigent autour d'eux, donnant
aux ignorants l'impression de leur activité fac-
tice et la contagion de leurs opinions fragiles ou
mensongères.

Il s'agit d'exposer ce que sont deux superbes blocs de ses œuvres, les unes *sociologiques*,
les autres *cosmogoniques*.

Que j'en donne d'abord les titres. Ils en feront, du coup, comprendre l'ampleur.

D'une part : *L'Homme et les Sociétés*, — *Les lois Psychologiques de l'Evolution des Peuples*, — *La Psychologie des Foules*, — *La Psychologie du Socialisme*, — *La Psychologie de l'Education*.

D'autre part : *L'Evolution de la Matière*, — et *l'Evolution des Forces*.

Quel homme, un peu au courant de la transformation cérébrale contemporaine, au seul énoncé de ces titres célèbres, ne sent s'éveiller en soi, foisonnantes, quelques-unes des plus grandes idées, des plus brûlantes questions, des plus émouvantes solutions de notre époque.

Je vais tâcher de montrer la part prépondérante que Gustave Le Bon y a prise.

En ceci, je ferai non seulement œuvre de narration consciencieuse, mais aussi œuvre de reconnaissance, car j'ai le sentiment profond et ému de l'influence que ces livres eurent sur mon avancement scientifique et moral.

§

L'Homme et les Sociétés date de loin. Il parut en 1881. Ce fut son premier livre important.

C'est une sorte d'Encyclopédie, rationnelle et raisonnable, fortement condensée, de l'ensemble de connaissances sur le Monde, que Humboldt avait essayé dans son *Cosmos*. Toutes les grandes directions terrestres et humaines y sont considérées une à une et développées dans leurs éléments essentiels. Le style est simple, clair, fort, parfois d'une éloquence pathétique.

Il n'y eut pas de seconde édition malgré les sollicitations des admirateurs. L'ouvrage est quasi-introuvable. Il peut être maintenu presque en entier tant il fut puissamment et loyalement conçu. A peine les progrès des sciences imposeraient-ils quelques mises au point légères. C'est une *Bible* humaine dans le sens le plus élevé, un vade-mecum, une base d'éducation et de vie qui vaut toutes « les humanités ».

Lui-même, dans la Préface, calme et grave, indique le sens de cette œuvre magistrale, renseignante, réconfortante, assainissante pour nos psychologies modernes avides de renouvellement et d'un mobilier d'idées en accord avec l'incompressible évolution des sociétés humaines.

Il dit : « L'étude scientifique du développement de l'Homme et des Sociétés, depuis les origines les plus lointaines jusqu'à nos jours, forme le but de cet ouvrage. L'Humanité et l'Homme y sont envisagés comme un simple fragment de ce vaste ensemble nommé l'Univers, et les causes sous l'influence desquelles ils se développent, comme identiques à celles qui régissent tous les êtres. Nous sommes parti de ce principe fondamental que la formation des organes, la genèse de l'intelligence, le développement des sociétés, la succession de tous les événements qu'embrasse l'Histoire sont placés sous l'action de lois nécessaires et invariables. Il y a de ces lois pour l'évolution de l'homme et des sociétés, comme il y en a pour les combinaisons chimiques, la propagation de la lumière, les révolutions des astres, la chute des corps.

« Toutes les choses de la Nature seront, dans cet ouvrage, considérées comme étant dans un perpétuel changement et portant en elles un éternel devenir. Nous prendrons l'homme à ses premiers débuts. Suivant pas à pas son développement, nous verrons comment naquirent l'industrie et les arts, la famille et les sociétés, l'idée du bien et du mal ; comment se formèrent les institutions, les religions et les lois, et quelles furent, dans la suite des temps, les causes de leurs transformations. Nous montrerons que chaque époque et chaque peuple eurent leur façon spéciale de penser, leurs croyances, leur morale et leur droit ; qu'il n'y eut jamais de principes universels et absolus, mais seulement des principes d'une valeur relative. »

Clair, ferme, beau, émouvant langage ! Pro-

gramme énergique qui fut admirablement
exécuté !

§

Vinrent, en 1894, *les Lois Psychologiques de
l'Évolution des Peuples.*

La philosophie avait étudié *la psychologie de
l'homme individuel,* supposé, abusivement presque toujours, un être identique pour l'Humanité
tout entière, grosse erreur qui, pour les uns,
trouvait sa base dans la légende religieuse du
couple adamique originaire et, pour les autres,
dans une sotte manie humanitaire voulant que
tous les hommes fussent tenus pour égaux en
cérébralité, sinon réalisée, au moins possible,
qui pourrait être obtenue par une éducation bien
entendue.

Des vues plus exactes ont créé la *psychologie
des races,* de ces grandes entités que longtemps
on distingua superficiellement par la couleur de
la peau, mais que, de plus, en plus on s'accou-
tume à grouper par les différences de leurs
âmes et des civilisations qui procèdent de ces
âmes.

Puis on en est logiquement arrivé à s'occuper,
en sous-ordre, de *la psychologie des peuples ou
nations,* ces fragments des entités raciques.

Gustave Le Bon a creusé, avec sa subtilité et

sa profondeur habituelles, ces phases du mouvement.

Ayant constaté, par ses recherches historiques, que la civilisation de chaque peuple repose sur un petit nombre d'idées fondamentales dérivées de ses caractères psychologiques, il en étudie la formation et l'évolution et démontre que ces caractères sont stables, que toute l'histoire des croyances, des institutions et des arts en dérive.

Voici quelques intitulés de chapitres qui rendent ce résumé parfaitement limpide et qui, sans doute, donneront à plusieurs l'envie de lire ce livre excellent :

Caractère psychologique des races. — Limites de variabilité du caractère des races. — Différenciation progressive des individus et des races. — Formation des races historiques. — Comment se transforment les institutions, les religions, les langues et les arts. — L'Histoire des peuples comme conséquence de leur caractère. — Rôle des idées dans la vie des peuples. — Rôle des croyances religieuses dans l'évolution des civilisations.

Sont bousculés là-dedans quelques-uns des habituels préjugés, chers aux Métèques, sur l'efficacité des croisements et mélanges pour effacer les indices raciques et niveler tous les humains en un magma incolore uniforme.

§

La Psychologie des Foules! Une de ses œuvres les plus populaires. Elle en est à sa quatorzième édition, petit nombre pour un roman, surtout s'il est érotique, nombre considérable pour un livre de science. Il parut en 1895.

Ce fut un point de départ pour des recherches sans nombre. On s'appliqua de toutes parts à la confirmation de cette vision de l'auteur que l'homme, « dès qu'il est en foule », petite ou grande, devient un autre personnage, une cellule subordonnée à l'être d'ensemble qu'est le groupe permanent ou passager dans lequel il est pris. Peu importe qu'on ne voie pas les liens matériels de ces cellules entre elles, le monstre total n'en existe pas moins, avec ses pensées propres, ses sentiments, ses passions, ses impulsions généreuses ou sauvages, intelligentes ou stupides, le plus souvent stupides. Tel est le cas pour les jurys, les auditeurs dans les théâtres ou les meetings, les équipes d'émeutiers, les armées, les exquises assemblées parlementaires.

Quelques titres pour documentation : *L'ère des foules. — L'âme des foules. — Sentiments et moralité des foules. — Formes religieuses que revêtent les convictions des foules. — Fac-*

teurs des croyances des foules. — Les meneurs
des foules et leurs moyens de persuasion. —
Les foules criminelles.

§

Voici plus délicat : *Psychologie du Socialisme.*
Un de ces sujets auxquels on se brûle les ailes,
à moins de les avoir incombustibles, ce qui me
paraît le cas de Gustave Le Bon.

Pour le crime de ce livre rapidement enlevé
et réédité, il fut conspué par plus d'un grand et
par beaucoup de petits « purs ».

Néanmoins, l'un des plus érudits socialistes
français, G. Sorel, a écrit : « Cet ouvrage constitue le travail le plus complet publié en France
sur le socialisme ; il mérite d'être étudié avec le
plus grand soin parce que les idées de l'auteur
sont toujours originales et éminemment sugges-
tives. »

J'adhère !

Gustave Le Bon n'aime pas le socialisme. Il le
confond aussi, plus d'une fois, avec « UN socialisme », celui qui ressemble au Jacobinisme ; alors
seulement, il est justement sévère. Mais, quel qu'il
soit, il est d'avis que son triomphe, avec les
déformations en plus ou en moins qu'amène
toute évolution, est inévitable, et il s'y résigne
comme on se résigne aux intempéries des météo-

res. Il résume avec une puissante clarté et met
en scène les appréhensions du Capitalisme en
mal de prévisions de ce qui va arriver. Cela fait
penser aux lamentations des derniers temps du
Paganisme quand le Christianisme gagnait partout.

Quelques titres de ces Psaumes de la Péni-
tence :

*Les théories socialistes et l'état mental de
leurs adeptes.— Le socialisme comme croyance.
— Le socialisme suivant les races. — Le conflit
entre les nécessités économiques, les idées démo-
cratiques et les aspirations socialistes.— L'évolution des sociétés modernes. — Les destinées
du socialisme.*

§

Et voici la dernière du cycle de ces Psychologies. C'est celle de *l'Education.*

Des six gros volumes de l'Enquête parlementaire française sur l'Enseignement secondaire ou moyen, Gustave Le Bon, procédant par
extraits des dépositions recueillies sous la direc-
tion d'un président, M. Ribot, peu suspect de
favoriser les ennemis du régime, déduit des conclusions d'un imprévu déconcertant.

D'abord : que l'Université de France est d'un
arriérisme qui la met à la queue de la plupart

des nations européennes, déplorablement dis-
tancée notamment par l'Allemagne et l'Angleterre, au point qu'on peut lui attribuer sinon la
dégénérescence définitive du peuple français, à
laquelle Gustave Le Bon ne croit pas, du moins
sa *décadence* passagère, qui actuellement apparaît à tant d'esprits impartiaux.

Ensuite, entrant dans le détail de cette situa-
tion, il énumère (toujours d'après les six gros
volumes de l'Enquête) les éléments d'où elle
dérive et qui sont d'une douloureuse éloquence :
Programmes dérisoirement surchargés, choix
parfois grotesque des matières qu'on y inscrit ;
professeurs médiocres, vaniteux, n'ayant qu'une
instruction « livresque », comme dit Kant (les
intellectuels, l'élite) ; surmenage des élèves ;
enseignement purement théorique ; éducation
cérébrale excluant presque entièrement le développement physique ; mobiles d'émulation tirés
de la vanité ; prédominance du classicisme le
plus suranné et de l'érudition tatillonne et pé-
dantesque.

Sur un point, il insiste en termes véhéments.
Ecoutez :

« Les latins sont intolérants et sectaires, ils
oscillent de l'intolérance cléricale à l'intolérance
jacobine. Mais comment en serait-il autrement
puisqu'ils ne voient autour d'eux qu'intolérance ?
Intolérance libre-penseuse et intolérance reli-

gieuse. C'est toujours avec mépris qu'ils traitent les opinions d'autrui. Professeurs universitaires et professeurs congréganistes n'ont de commun que la haine réciproque qui les anime. »

Chacune des affirmations de l'effrayant catalogue ci-dessus (j'allais dire : acte d'accusation) est accompagnée de citations qui laissent peu de place au doute. C'est sur un ton très mélancolique, parfois de colère patriotique, que l'auteur en déroule l'affligeant tableau.

Mais c'est surtout quand il parle de l'Enseignement congréganiste, qu'il révèle des secrets qui vont paraître énormes. On lit, entre autres, ce qui suit, à la page 86 :

« L'enquête parlementaire s'est beaucoup occupée des progrès de l'ENSEIGNEMENT CONGRÉGANISTE. Elle a rappelé certains faits connus de tout le monde, mais elle a aussi révélé des choses que le public ne soupçonnait pas. On n'eût guère pensé, par exemple, que les Frères des Écoles Chrétiennes, qui jadis étaient relégués dans l'enseignement primaire le plus humble, arriveraient à faire une très sérieuse concurrence à l'Université dans l'enseignement secondaire supérieur. En quelques années, leurs progrès ont été foudroyants. Dans nos grandes écoles, l'École Centrale, notamment, sur les 134 élèves présentés par eux en dix ans, les neuf dixièmes ont été reçus. Ils ont maintenant

trente établissements qui donnent l'enseignement secondaire. En outre, le seul enseignement
agricole véritable en France est entre leurs
mains. Ils ont des fermes où les élèves reçoivent
une instruction pratique et obtiennent tous les
prix dans les concours. Ils dirigent également
des écoles industrielles et commerciales sans
rivales. »

Et plus loin (page 96) : « Au point de vue
de l'enseignement secondaire, les Frères arri-
vent à des résultats équivalant à ceux de nos
meilleurs lycées ; au point de vue de l'enseignement agricole, ils sont sans rivaux. La première chose à faire pour rivaliser avec eux serait
d'étudier leurs méthodes. Nous sommes libres
d'avoir, au point de vue religieux, des opinions
fort différentes des leurs, mais nous devons tâcher d'acquérir assez d'indépendance d'esprit
pour reconnaître leur supériorité, surtout quand
elle est aussi manifestement écrasante. »

J'en demeure ébahi ! Quoi, voilà le gouver-
nement le plus énergiquement démocratique de
l'Europe, — au point de vue de la forme, —
qui, après plus de trente années de pouvoir, n'a
pas réussi à organiser un enseignement public
égal à celui d'institutions privées, d'institutions
privées cléricales ! C'est à désespérer de la vertu
des institutions politiques progressives !

Aussi qu'a-t-on fait? On a supprimé tout ça. La guillotine sèche.

Les causes? Gustave Le Bon en indique les plus visibles : cette idée directrice de l'enseignement universitaire français, que c'est uniquement par la mémoire que les connaissances entrent dans l'entendement et s'y fixent, — cette erreur « latine » qui consiste à croire que les choses peuvent être modifiées par des réformes imposées en bloc à coups de décrets, — l'inaptitude du sens *des possibilités*, sens dont les Français sont malheureusement dépourvus, ... la pensée que la valeur des hommes se mesure à la quantité de choses qu'ils peuvent réciter,... bref, un mur inébranlable de facteurs moraux que les rhéteurs ne voient pas et qui rendent vains leurs beaux discours et leur sotte conviction qu'un peuple peut à son gré modifier ses institutions; alors que l'histoire, l'histoire naturelle, atteste que ne pas violenter les traditions est une condition d'existence pour un peuple, et savoir s'en dégager lentement une condition du progrès !

IV

J'arrive maintenant (c'est la fin et c'est le plus beau !) aux œuvres que je qualifie *cosmogoniques*, parce que, si elles sont à proprement parler des études de physique et de chimie, elles aboutissent, dans leurs conséquences, à une transformation complète des théories reçues sur les origines, la composition et l'évolution de l'Univers. Vraisemblablement, au début de ses recherches, Gustave Le Bon n'eut pas conscience de l'amplitude qu'elles allaient prendre.

Ce n'est pas sans émotion que j'aborde cette phase terminale et triomphante de l'immense labeur du héros de cette notice !

Cela commence par des mémoires isolés, pareils à des accords préliminaires préparant l'explosion de l'orchestre.

Gustave Le Bon s'achemine du milieu de la cinquantaine au milieu de la soixantaine. C'est l'âge, sinon de la pleine force corporelle, du moins de la pleine force cérébrale. Aux aptitudes personnelles est venu se joindre un bagage immense de connaissances acquises. Sa virtuosité intellectuelle est devenue merveilleuse.

Dans *la Revue scientifique* paraissent, dès 1896, des écrits qui forcent l'attention : *La dématérialisation de la matière. — La Lumière Noire. — La phosphorescence invisible.— Les ondes hertziennes. — L'énergie intra-atomique*, etc. Titres bizarres qui semblent confiner à la Magie, notamment cette énigmatique *Lumière Noire*, dénomination shakespearienne qu'il abandonne un peu plus tard comme trop excentrique pour la cuistrerie courante.

Finalement, ramenant d'une seule brassée tous ces travaux partiels, il les synthétise et les complète, en 1905, dans un livre total sensationnel, qui en est à sa dix-huitième édition : *l'Evolution de la Matière!*

Cette fois, c'est la conquête définitive et la Gloire, au-dessus de tous les obstacles, de toutes les criailleries, de toutes les attaques mesquines, de toutes les perfidies!

Que j'essaie de résumer et de faire comprendre
ce gigantesque effort, bond suprême de cette
vaste intelligence, après lequel il semble que,
pour lui aussi, peut venir le septième jour, celui
du repos.

§

Au cerveau humain, cette machine qui nous
donne la chagrine et tragique conscience, épar-
gnée aux plantes, de nos inquiétudes, de nos
joies parcimonieuses et de nos souffrances, vient
le besoin, à angoisse incessamment croissante,
de savoir ce que c'est que ce Monde énigmatique et formidable qui nous enveloppe de sa
pesanteur muette.

Dans ces ténèbres, le livre de Gustave Le Bon
projette quelque lumière, par une magnifique
hypothèse qu'il développe magistralement.

Hypothèse, dis-je. C'est pour parler avec la
réserve qu'il observe lui-même devant l'immensité du problème, quoique les expériences exposées dans son œuvre donnent le sentiment d'une
réalité vraie.

Il s'agissait de rompre les sept cachets qui
ferment, comme a dit Gœthe, le secret de la
composition du Cosmos. De savoir si l'antique
doctrine qui en fait une accumulation d'atomes
innombrables, infiniment petits, indivisibles et
éternels, sur lesquels, entre lesquels, agissent des

Forces distinctes de la matière qui en forme le conglomérat, — si cette doctrine solennelle est à maintenir dans les sciences physiques dont elle formait la base depuis si longtemps qu'elle semblait irrenversable.

Il s'agissait surtout de s'attaquer aux préjugés professoraux, académiques, universitaires, qui font de ce système cosmogonique un dogme quasi-religieux dont une des dernières manifestations fut l'ouvrage de Buchner, sorte d'évangile, intitulé *Force et Matière*.

L'entreprise était à la fois tentante et périlleuse. Nul n'aime, « surtout les savants professeurs », qu'on lui casse un de ses axiomes fondamentaux.

Le point de départ de la découverte, qui bouleverse les idées reçues et ouvre un vaste et nouvel horizon aux méditations humaines, fut la constatation des émanations spontanées qui sortent de certains métaux rares, tels que l'uranium, le seul d'abord connu comme jouissant de cette propriété. D'autres le thorium, le radium, etc., possédaient aussi, comme on l'a vu plus tard, ce rayonnement particulier.

En quoi consistait celui-ci, signalé par Becquerel, répétant d'anciennes expériences de Niepce de Saint-Victor ? Becquerel crut qu'il s'agissait d'une sorte de phosphorescence et pour le démontrer il institua des expériences prouvant sui-

vant lui que les rayons émis se réfractent et se
polarisent comme ceux de la lumière ordinaire,
opinion qu'acceptèrent pendant trois ans tous
les physiciens de l'Europe.

Gustave le Bon découvrit très vite qu'il s'agissait de tout autre chose. Il montra que, contrairement à l'opinion de Becquerel, les rayons de
l'uranium ne se polarisent pas et ne se réfractent pas, ce qui prouve qu'ils ne sauraient être
de la lumière. Il fit voir ensuite qu'ils appartien-
nent à la famille des rayons cathodiques, opinion
qui n'est plus contestée aujourd'hui et que Becquerel lui-même reconnut exacte.

Mais Gustave le Bon devait bientôt aller beaucoup plus loin en établissant que le rayonnement observé avec l'uranium appartient à tous
les corps et résulte de la dématérialisation de
la Matière, retournant par étapes successives à
l'éther. Loin d'être inerte, elle serait un réservoir colossal de force d'où dériveraient toutes
les autres. En révélant l'existence de l'énergie
intra-atomique, il révélait la plus grande des
forces de l'univers. La matière n'était, suivant
son expression, que de l'énergie condensée. Le
monde du pondérable et celui de l'impondérable,
profondément séparés par la science, étaient un
même monde sous des aspects différents.

C'est là l'originalité de sa vision, son honneur
et sa gloire!

S'il est dans le vrai, il y aurait constamment une « dématérialisation » de la Matière, passant des états pondérables, sous lesquels elle nous apparaît, à l'état d'énergie impondérable ; de même que, vraisemblablement, autrefois, elle a passé de l'état d'énergie à l'état matériel sous l'un des quatre aspects connus de celui-ci : gazeux, liquide, solide, cristallin.

Partout fonctionnerait un échappement, un dégagement. La force ne serait plus une chose distincte des atomes : elle serait les atomes eux-mêmes, représentant, réalisant la Force sous la forme intra-atomique palpable qu'elle perd dès qu'elle s'épanche par rayonnement.

Comment amener, capter et utiliser ce rayonnement en quantité suffisante pour les nécessités humaines ? Ceci est le côté pratique, vraiment palpitant de la question. Comment crocheter ce gigantesque trésor ?

L'électricité en donne déjà un exemple. Mais combien c'est peu en comparaison de ce qui viendrait à notre disposition si l'on trouvait des procédés pour dissocier à volonté la Matière et employer l'énergie que cette opération libérerait. La dissociation complète d'un seul gramme du classique radium, si on pouvait la réaliser promptement, produirait assez d'énergie utilisable pour transporter toute la flotte anglaise au sommet du Mont-Blanc ! Ce n'est ni moi, ni

Gustave Le Bon qui le dit, c'est un savant anglais.

Gustave Le Bon examine ce point dans la quatrième partie de son œuvre. Il s'explique sur la dématérialisation des corps ordinaires, de ceux qui ne sont pas les métaux rares qui rayonnent d'eux-mêmes avec une relative abondance.

Il signale comme moyens, actuellement connus, de réveiller la radio-activité, la lumière, les réactions chimiques, les actions électriques, la combustion, la chaleur, etc.

Mais tout cela est encore rudimentaire comme résultats et attend que la science, s'y appliquant, arrive à la merveille d'une énergie qu'on tirera des corps comme on tire le vin d'une barrique, en tournant le robinet. Ce sera, apparemment, la piste sur laquelle s'engageront bientôt d'acharnés chercheurs.

Jusqu'ici, nous assistons, en général, en simples spectateurs, au phénomène d'une dématérialisation spontanée, très avare quoique incessante, et qui, sans doute, a commencé à l'époque invraisemblablement lointaine où l'Éther, remplissant seul les espaces infinis, forma les atomes sous l'action d'on ne sait quelles puissances. L'énergie qu'ils contiennent actuellement ne serait qu'une insignifiante portion de celle qu'ils emprisonnaient et qu'ils ont perdue au cours d'âges incommensurables.

Un corps radio-actif peut émettre des millions de particules par seconde sans perdre sensiblement de son poids. De tels chiffres, dit Gustave Le Bon, provoquent toujours de la défiance parce que nous n'arrivons pas à nous représenter l'étonnante exiguité des atomes, bien qu'ils ne se touchent pas et ne soient maintenus ensemble que par leurs attractions.

Berthelot s'est livré à ce sujet à d'intéressantes recherches. Il a essayé de déterminer la perte de poids que présentent des corps très odorants bien que très peu volatils. L'odorat est d'une sensibilité infiniment supérieure à celle de la balance, puisque, pour certaines substances telles que l'iodoforme, la présence d'un centième de millionième de milligramme peut, suivant ce grand chimiste, être facilement révélée. Il est arrivé à cette conclusion qu'un gramme de iodoforme perd seulement un centième de milligramme de son poids en une année et par conséquent un milligramme en cent ans bien qu'émettant sans cesse un flot de particules odorantes dans toutes les directions. Il ajoute que si on s'était servi du musc, les poids perdus auraient été beaucoup plus petits, « mille fois plus peut-être », ce qui ferait cent mille ans pour la perte d'un milligramme !

Dès que la découverte de l'universalité de la Radio-Activité (la ci-devant « Lumière Noire » débaptisée) commença à être connue, on commença aussi à en disputer la priorité à Gustave Le Bon. Les parasites intervinrent. Les mouches arrivèrent pour piller le gâteau et tenter de perpétrer une fois de plus le *sic vos non vobis*.

Alors que depuis 1896, Gustave Le Bon publiait le résultat de ses recherches ; que, depuis 1897, il concluait, dans une note remise à l'Académie, en disant que les propriétés (émissives d'énergie) d'un métal particulier, l'Uranium, n'étaient qu'un cas spécial d'une loi très générale, un membre de l'Institut de France, Antoine-Henri Becquerel, professeur de physique au Museum et à l'Ecole polytechnique, suivi en ceci par quelques disciples trop confiants, se mit à contester la priorité de la découverte du savant indépendant n'ayant pas le prestige attaché en France aux titres officiels.

Une querelle est née. Soit. Il en faut toujours là où il y a des hommes. C'est un ingrédient de l'activité du monde. Les Capulet et les Montaigu ne sont pas seulement dans Vérone. L'histoire de Roméo et de Juliette est le symbole d'une loi universelle d'antagonisme dont ni moi ni personne n'a jamais pénétré le sarcastique secret.

On peut voir dans la *Revue scientifique*, sous le titre *Historique des premières recherches sur la dissociation de la matière*, avec quel flegme, noble mais un peu triste, Gustave Le Bon remet au point les faits et à sa place Becquerel et son petit état-major. En terminant cette exécution poursuivie d'une plume très calme, mais décisive, il ne peut s'empêcher d'ajouter mélancoliquement et sardoniquement ces paroles magnanimes, superbe leçon de sérénité et de résignation :

« J'ai la notion très nette que l'exposé qui précède représente du temps totalement perdu. Mais les années passeront, d'autres générations nous remplaceront et la vérité finira par surnager. L'historien futur qui s'occupera de ces questions pourra l'invoquer pour montrer à quel point les raisonnements les plus clairs, les textes les plus catégoriques constituent, en matière scientifique, de faibles moyens de démonstration, contrairement à une opinion aussi vulgaire que mal fondée.

« Je posséderais, d'ailleurs, une très faible dose de philosophie, si je restais surpris du dénigrement de certains physiciens, de l'exaspération de certains autres, et surtout du silence de la plupart des savants qui ont utilisé mes expériences.

« Les dieux et les dogmes ne périssent pas en

un jour. Essayer de prouver que les atomes de tous les corps, considérés jadis comme éternels, ne le sont pas, heurtait toutes les idées reçues. Tâcher de montrer que ce lent évanouissement de la matière s'accompagne de la manifestation d'une force, jadis inconnue, bien qu'elle dépasse immensément par sa grandeur celles que nous connaissons et qu'elle soit, peut-être, l'origine de toutes les autres, devait choquer plus d'idées encore. Ces démonstrations, qui touchent aux racines mêmes de nos connaissances, et ébranlent des édifices scientifiques séculaires, sont généralement accueillies par l'irritation et le silence jusqu'au jour où, ayant été refaites en détail par les chercheurs dont l'attention a été éveillée, elles sont devenues si éparpillées et si banales qu'il est presque impossible d'indiquer leur initiateur.

« Il importe peu, en réalité, que celui qui a semé ne récolte pas. Il suffit que la récolte grandisse. De toutes les occupations pouvant remplir les heures si brèves que la vie nous accorde, nulle ne vaut peut-être la recherche de vérités ignorées, l'ouverture de sentiers nouveaux dans l'inconnu immense et ténébreux dont nous sommes enveloppés. »

§

Il est vaillant et consolant, ce langage. On

se surprend à aimer que des injustices soient accomplies pour que de telles paroles soient proférées.

Qu'importe, en effet, la gloire quand on songe que les hommes ne sont que des véhicules dont se sert la Nature pour dire ou faire ce qui, en réalité, ne vient que d'elle seule ! J'ai osé l'écrire ailleurs. Jamais une idée nouvelle n'est plus forte et plus belle que lorsqu'elle est devenue anonyme.

En 1907, *l'Evolution des Forces* vint compléter les idées développées dans *l'Evolution de la Matière*. La cérébralité de l'auteur continuait à fermenter. Elle n'avait pas donné, à son gré, toute sa substance.

C'est une suite. Outre des recherches expérimentales nouvelles, on y trouve exposées les conclusions de philosophie scientifique découlant des recherches antérieures.

Voici les titres de quelques-uns des chapitres de l'ouvrage :

Les bases nouvelles de la physique de l'Univers. — Le temps, l'espace, la matière et la force. — Le dogme de l'indestructibilité de l'énergie. — La conception nouvelle des forces. — Les changements d'équilibre de la matière comme origine des forces. — Le problème de la chaleur. — Le problème de l'électricité. — Le problème de la phosphores-

cence. — Les forces morphogéniques. — L'éva-
nouissement de l'énergie et la fin de notre
Univers.

Que de pensées, de doutes, de suppositions,
de désirs de savoir davantage, surgissent à cette
énumération ! Que d'horizons sur l'inconnu et
sur l'infini ! Quelle angoisse scientifique et en
même temps quel soulagement à l'espoir qu'il y
a là des solutions sinon certaines, au moins
satisfaisantes, pour nos âmes inquiètes des plus
profondes énigmes de l'immensité où, mouche-
rons, nous sommes plongés !

L'évanouissement de l'énergie et la fin de
notre Univers ! Quelle clameur dans le chaos
de nos connaissances ! Écoutez ce que Gustave
Le Bon suppose là-dessus. Je résume.

Ceux qui sont séduits par les études et les
faits démonstratifs accumulés dans son livre
désormais célèbre pensent invinciblement à la
façon dont sa doctrine peut rendre compte de
l'évolution des mondes à travers l'infini des
temps.

Le cerveau humain, malgré le désir de s'en
tenir aux possibilités de l'observation directe,
malgré la répugnance à se lancer dans les son-
dages de l'Inconnaissable, va à ces mystères
et tente de les pénétrer.

On connaît la théorie fameuse de la formation
de notre système planétaire, depuis la nébuleuse

primitive animée d'un tournoiement, se démembrant en cercles concentriques qui, en se brisant en fragments, deviennent des centres de condensation pour les sphères passant de l'état gazeux à l'état igné, puis à l'état fluide, enfin à cet état solide sur lequel apparaît la vie en ses formes successives : cristallines, organiques, conscientes, — jusqu'à l'époque où, à rebours, sous une action imprévue et non définie avec certitude, ces masses retournent à la condition gazeuse pour recommencer ce cycle de dilatation et de condensation, pareil à une immense palpitation de l'Univers.

Mais avant la nébuleuse ?

Néant jusqu'ici dans la science. On semblait même essoufflé d'avoir été aussi loin.

Voici que la théorie de l'Energie intra-atomique concentrée et de la radio-activité qui la désemprisonne lentement, donne, soudain, un élan nouveau à ces grandioses visions et les précipite dans de plus profondes suppositions.

Gustave Le Bon, avec un calme audacieux, énonce des idées nouvelles sur LES PÉRIODES DE L'ÉVOLUTION D'UN MONDE.

Il s'applique à les mettre en rapport avec son système d'Evolution de la matière.

La Nébuleuse n'est plus le point extrême au-delà duquel l'Inconnu paraissait barré.

Il ajoute une région nouvelle à la Géographie des Origines.

Il entrevoit ce phénomène colossal en une série de six phases, réalisant, — par une sorte de sistole et de diastole analogue à celle du cœur, s'élevant, s'abaissant en un temps d'une durée gigantesque, — la concentration et la libération de l'Energie cosmique.

Ces six étapes, je vais essayer de les résumer.

1° C'est d'abord l'Ether remplissant l'espace infini, partout répandu, analogue au chaos d'où, suivant la Bible, Jahvé aurait fait sortir la création. Aucune forme encore, aucun solide. Partout l'élément impondérable qui existe encore aujourd'hui entre la matérialité des corps célestes, que nous nommons « le vide » parce que nos sens n'en peuvent palper la réalité, mais dont l'existence n'est niée par aucun physicien, puisque sans lui des phénomènes comme la transmission de la lumière solaire seraient incompréhensibles.

2° Par une force inhérente à cet Ether et qui fait partie du mécanisme supérieur du Monde, 'Energie qui le constitue se forme en nœuds ou centres de condensation dont chacun sera l'origine d'un des systèmes stellaires que nous voyons peupler l'espace. Dès que cette concentration a atteint un certain degré, c'est la nébuleuse : elle ne serait qu'« un nuage » d'Ether.

3° A partir de cette période, la théorie nouvelle rejoint la théorie ancienne (que j'ai typée ci-dessus) dans ses aspects extérieurs, mais non dans la conception des forces en action. La condensation d'Energie augmente, le phénomène tend de plus en plus à lui donner la forme classique de la Matière. L'état nébuleux ou gazeux va ainsi à l'état igné, en lequel sont notre soleil et les étoiles, puis à l'état fluide, enfin à l'état solide proprement dit telles que sont actuellement les planètes, la nôtre par exemple, la Terre!

4° Ici serait le point extrême de la période condensatrice. L'Energie accumulée en matière solide serait dans un équilibre momentané.

5° Mais alors elle commencerait le mouvement en retour, grandi aux proportions du temps et de l'espace infinis. Ce phénomène serait celui de la radio-activité, véritable échappement ou écoulement de la force intra-atomique solidifiée.

6° Cet échappement qui, pour ne considérer que la Terre, aurait lieu partout à sa surface, spécialement aux confins de notre atmosphère où l'Energie libérée rejoindrait l'Ether, irait en augmentant au cours indéfini des siècles, et aboutirait finalement à la dissolution complète de la matière, retournant à son état originaire, où, bientôt, s'inaugurerait de nouveau le cycle prodigieux que je viens de décrire.

Et ainsi toujours, dans les siècles des siècles, *in secula seculorum !*

§

Gustave Le Bon déduit cette théorie des recherches expérimentales exposées dans son livre, vérifiées et corroborées par sir William Ramsay, un des plus illustres savants de l'époque. Le célèbre physicien a consacré un long mémoire publié dans le *Philosophical Magazin* pour exposer les expériences faites par lui dans le but de vérifier et répéter, comme il le dit en commençant son travail, les expériences publiées par Gustave Le Bon dans son livre *l'Evolution de la matière*. De Heen, professeur de physique à l'Université de Liège, les avait déjà depuis longtemps confirmées.

L'ingénieur Sageret résume la doctrine de Gustave Le Bon en ces termes:

« J'imagine le monde formé d'abord d'atomes diffus d'éther qui, sous l'action des forces inconnues, ont emmagasiné de l'énergie. Cette énergie, dont une des formes visibles est la matière, se dissocie et apparaît alors sous des états divers : Electricité, Chaleur, etc.; de façon à ramener la matière à l'Ether. *Rien ne se crée* veut donc dire que nous ne pouvons pas créer de la matière. *Tout se perd* signifie que la matière disparaît complètement, comme matière, en retournant à l'Ether. Le cycle est complet. Il y a deux phases dans l'histoire du monde : 1° condensation de l'énergie sous forme de matière ; 2° dépense de cette énergie sous forme de radioactivité. »

§

Sommes-nous vraiment en présence d'une expression définitive ? Cette théorie s'évanouira-t-elle un jour comme celle qu'elle remplace et dont Berthelot croyait pouvoir affirmer encore, il y a peu d'années, qu'elle était *immuablement fixée ?*

Il reste une énigme à résoudre.

D'où proviennent les *Formes* merveilleusement variées que prennent les corps pendant ce travail de solidification ? Et leurs couleurs ? Et leurs odeurs ? Qu'est-ce qui, dans l'Univers, préside, pour employer un terme technique, à la Morphologie ?

Condenser, soit. Décondenser, soit. Le phénomène est simple... de conception. Mais condenser sous des myriades d'aspects et, quand on ne considère qu'un tronçon du temps, avec une fatalité singulière ? On a beau couper, recouper, analyser, décomposer une graine, un germe quelconque, impossible d'y découvrir le principe qui fait qu'il ne produit qu'un être déterminé, se développant en une série d'états invariables, sauf les déformations de détails, accidentelles et passagères, causées par d'extérieurs obstacles. Un gland ne produit qu'un chêne; pas moyen d'en faire sortir un hêtre. Et on ne trouve pas dans le gland le principe de cette inéluctabilité.

Qu'est-ce qui fait que le liquide spécial qu'est la sève circulant dans un arbre produit successivement des choses aussi différentes que le bois, les feuilles, la fleur, le fruit, sans qu'il y ait changement appréciable dans sa composition ? Qu'est-ce qui règle ces opérations dont la magie ne nous stupéfie point, sans doute parce qu'elle est autour de nous trop constante? Miracle! Miracle !

A cela que répondre, sinon : qu'il y a dans l'Ether une vertu morphologique, comme le médecin de Molière répond que l'opium fait dormir parce qu'il a une vertu dormitive.

Et ces formes changeantes sont-elles fixes ? Quand un des systèmes solaires retournés à l'Ether recommencera son cycle de solidification, les mêmes choses, les mêmes êtres reparaîtront-ils à la même période d'évolution? Toute la colossale machine va-t-elle dans un va-et-vient limité, comme le balancier d'une horloge, comme le mouvement des marées dans une mer hydrographiquement reconnue ?

Ou bien est-ce l'arbitraire, la fantaisie des forces en action, le mélange de tout au hasard, avec des aspects nouveaux, inconnus précédemment? La durée des formes durant la période où nous eûmes le bonheur ou le malheur de naître, ne serait-elle due qu'à une répétition assez réitérée pour produire une permanence plus ou moins longue, mais non clichée à jamais ?

Quand notre Terre se désagrégeant parce que sa période « matérielle » sera terminée, l'Energie qui y est accumulée, renvoyée au vaste réservoir de l'Ether, recommencera-t-elle à se contracter pour produire un corps céleste nouveau, y verra-t-on reparaître les mêmes espèces minérales, végétales, animales, humaines? Le germe qui a été à l'origine de chacun de nous est-il indestructible et groupera-t-il autour de lui, par sa croissance, des éléments qui pourront autoriser à dire que nous ressuscitons? Aux phases qu'on a qualifiées : « les grandes époques de la Nature », reverra-t-on l'Ichtyosaure et le Mégalosaure? Reverra-t-on Homère, Shakespeare, Michel-Ange, Rubens?

Et pourquoi dans ce travail incessant et formidable de fabrication où c'est la Nature qui est à la fois l'Usine, la matière première, l'Industriel, l'Ingénieur, le produit fabriqué, tant de tares défigurant tant de merveilles, tant de laideur faisant escorte à tant de Beauté, tant de

misères, tant de souffrances, de cruautés pour
des êtres doués du don fatal de la sensibilité
consciente ? Pourquoi cette cruauté de l'Imper-
fection, cette *Ellépologie ?* (En philosophie, il
convient d'emprunter au grec chaque fois qu'on
peut).

Sur ces prolongements des énigmes cosmogoniques règnent des ténèbres jusqu'ici scientifique-
ment impénétrables. Les croyants se tirent d'af-
faire en mettant le tout sur le compte d'un Dieu
créateur et régulateur.

C'est là que nous côtoyons l'énigme de la Vie
future, de l'existence du Mal, de l'Ame, de son
Immortalité, de l'existence de Dieu,... de la Mort !
L'intelligence demeure impuissante, muette, an-
goissée. C'est la grande, l'inquiétante, la grima-
çante, l'inévitable réserve de l'Inconnaissable !

Jusqu'ici, Gustave Le Bon ne l'a pas résolu.
Interrogé par moi, il m'a dit : On reparlera de
cela dans vingt ou trente mille ans !

§

Et maintenant, lecteur, considère le chemin
que je viens de te faire parcourir. Retourne-toi.
Tu es sur une cîme. Regarde l'ensemble du pay-
sage.

Voilà l'œuvre de ce sur-homme ! L'œuvre dans

son ensemble formé des détails que j'ai esquis-
sés plutôt que décrits. Assez pour donner une
impression de sa grandeur, assez pour induire à
y pénétrer davantage. Si ceci est obtenu, mon
espoir et ma tâche sont remplis.

V

Revenons à quelques faits moins pathétiques, comme il convient aux péroraisons des discours émouvants.

A côté de cette besogne énorme, Gustave Le Bon fondait, il y a sept ans, et dirige depuis, la *Bibliothèque de Philosophie Scientifique*, aux couvertures écarlate, lieu d'hospitalité, vaste entrepôt, où déjà une quarantaine de volumes ont accumulé des richesses intellectuelles novatrices.

L'idée directrice de cette collection est de faire connaître au public « la philosophie », c'est-à-dire les plus hautes généralités, de chaque science. Car, écrivit-il, pour se tenir au courant des connaissances scientifiques et sociales actuelles, il faut s'attacher surtout à connaître les principes qui sont l'âme de ces connaissances et constituent en même temps leur meilleur résumé.

Presque toujours les choix ont été judicieux.

C'est là notamment qu'a paru l'œuvre fameuse :
Science et Hypothèse, de Henri Poincaré, qui a
déjà essaimé dix-huit mille exemplaires. Déci-
dément, la frivolité n'est pas seule à plaire,
même en France.

§

Et le repos, demandera-t-on ? Quand et où se
repose-t-il, ce producteur acharné? Comment ?
Avec qui ? Pratique-t-il le dogme des *trois huit*?

A cet égard, je répète ce que je disais au début de cette... comment dirais-je ?... profession
d'admiration et de justice : je ne sais presque
rien de la vie intime de l'homme.

Il va, durant les beaux jours, à Marne, à l'ex-
trémité des magnifiques ombrages du Parc de
Saint-Cloud, dans un petit hôtel de banlieue à
cabinets de verdure. Est-ce pour se délasser ou
pour mieux travailler ?

Il a aussi fondé, en 1892, avec son ami Ribot,
un dîner, dit des XX, le dernier vendredi de
chaque mois. Il y a de plus un déjeuner hebdo-
madaire des dix qu'il préside. Est-ce pour se dis-
traire ou pour ne pas trop perdre le contact avec
ses contemporains? On y vit pas mal d'illustrations des deux sexes. Il ne va pas d'ailleurs dans
le monde, lui qui décrit si majestueusement le
Monde. Il est *A man of few words*.

VI

CONCLUSION. — La valeur de l'Homme. — Les jugements
à l'étranger et en France.

Mieux accepté et plus honoré à l'étranger que
dans sa patrie, c'est la règle. Il y a un proverbe
qui dit ça en parlant des prophètes. Ses livres
ont été traduits en onze langues parmi lesquelles
ces excentriques : l'arabe, le tchèque, l'hindous-
tani, de vraies éprouvettes de notoriété. Dans la
préface que José Gonzales Sana a mise en tête
de la traduction espagnole de *l'Evolution de la
Matière*, on lit cet hommage :

« Gustave Le Bon est une des personnalités
les plus éminentes du monde scientifique actuel.
Des aptitudes aussi diverses et des facultés aussi
vastes que les siennes ne se rencontrent que
dans des natures absolument exceptionnelles.
Bien peu de savants de l'époque moderne l'éga-
lent par l'étendue et la profondeur des connaissances. Il est psychologue, sociologue, historien, physicien, éducateur, et par-dessus tout,
un philosophe si original, si révolutionnaire et si

novateur qu'on ne peut citer que Hæckel parmi les vivants chez lequel on puisse rencontrer une intelligence comparable, si même il ne surpasse Hæckel en originalité. »

Dans la *Revue des Idées* du 11 janvier 1905, le professeur Georges Bohn écrivait : « Ce sera le titre de gloire de Gustave Le Bon de s'être attaqué le premier au dogme de l'indestructibilité de la matière et d'avoir détruit celui-ci dans l'espace de quelques années. Le début de l'ouvrage sur l'évolution de la matière produit sur le lecteur une impression profonde. On y sent le souffle d'une pensée géniale. On a comparé Gustave Le Bon à Darwin ; si l'on tient à faire une comparaison, j'aimerais mieux la faire avec Lamarck, Lamarck le premier a eu une idée nette de l'évolution des êtres vivants. Gustave Le Bon le premier a reconnu la possibilité d'une évolution de la matière et de la généralité de la radio-activité par laquelle se manifeste son évanouissement. »

L'hostilité avec laquelle les recherches de Gustave Le Bon furent d'abord accueillies en France n'a pas été unanime.

Les articles publiés par plusieurs membres de l'Académie des Sciences, MM. Armand Gautier, Painlevé et Dastre notamment, le prouvent suffisamment. Voici un extrait de l'étude de ce dernier.

« Dans l'espace de cinq années on a parcouru un assez long chemin dans la voie de la généralisation du fait de la radio-activité. On est parti de l'idée d'une propriété spécifique de l'uranium et l'on arrive à la supposition d'un phénomène naturel presque universel. Il est juste de rappeler que ce résultat avait été prédit avec une perspicacité prophétique par Gustave Le Bon. Depuis le début, ce savant s'est efforcé de démontrer que l'action de la lumière, certaines réactions chimiques, enfin les actions électriques provoquent la manifestation de ce mode particulier d'énergie... Loin d'être rare, la production de ces rayons est incessante. Il ne tombe pas un rayon de soleil sur une surface métallique, il n'éclate pas une étincelle électrique, il ne se produit pas une décharge, pas un corps ne devient incandescent sans qu'apparaisse le rayon cathodique pur ou transformé. C'est à Gustave Le Bon que revient le mérite d'avoir perçu, dès l'abord, la grande généralité de ce phénomène. Encore bien qu'il se soit servi du terme impropre de *lumière noire*, il n'en a pas moins saisi l'universalité et les principaux caractères de cette production. Il a surtout remis le phénomène à sa vraie place en le transportant du cabinet du physicien dans le grand laboratoire de la nature. »

Dans une étude remarquable, parue en janvier

1906, sous ce titre : *Réflexions à propos de la théorie de l'Evolution de la matière, de Gustave Le Bon*, M. Paul Painlevé, membre de l'Académie des Sciences et professeur à l'Ecole polytechnique, s'est exprimé de la façon suivante :

« L'ouvrage qui a le plus contribué à attirer l'attention du public français sur les problèmes philosophiques que soulève l'étude de la radioactivité est celui que le D⁣r Gustave Le Bon a consacré à *l'Evolution de la Matière*.

« Gustave Le Bon me paraît avoir émis le premier l'hypothèse que, sous l'influence d'une excitation légère ou même spontanément, *tous* les corps matériels projettent hors d'eux-mêmes quelque chose qui ressemble plus aux rayons cathodiques qu'à la lumière ordinaire. Les expériences et les idées de Gustave Le Bon n'ont trouvé, d'ailleurs, pendant plusieurs années, aucun crédit parmi les physiciens, bien que certaines fussent déjà précises. Après la découverte du radium, à la suite de multiples expériences que l'intensité des phénomènes observés permettait de rendre saisissantes, alors que les savants hésitaient et hésitent encore entre les diverses explications possibles, Gustave Le Bon a adopté sans réserve l'hypothèse d'après laquelle la radioactivité résulterait d'une désintégration spontanée des atomes matériels et serait un phénomène absolument général. C'est cette idée que, dans son dernier volume, il a développée hardiment dans toutes ses conséquences. »

Le lecteur se rendra compte de l'impression que produisit à l'étranger la traduction de *l'Evolution de la Matière* par quelques extraits des innombrables et très longs articles que lui ont consacrés la plupart des Revues britanniques :

« Le public anglais doit être fort reconnaissant à M. Legge d'avoir traduit un livre qui a créé une véritable révolution dans les conceptions du monde scientifique en ce qui concerne la matière et l'énergie. Depuis la publication de *l'Origine des Espèces*, de Darwin, aucun ouvrage aussi révolutionnaire que *l'Evolution de la Matière* n'avait paru et en vérité ce livre dépasse beaucoup celui de Darwin par l'importance de ses conséquences. » (*Literary World*, 15 février 1907.)

« Les nouvelles idées de Gustave Le Bon sur la matière impliquant l'idée de son évolution et la suppression de la dualité de la matière et de l'énergie ne représentent rien moins que la subversion totale de tout ce qui avait été considéré comme fondamental et absolu dans l'enseignement scientifique. — Gustave Le Bon a donné à la pensée du monde scientifique une orientation tout à fait inattendue. » (*Irish Times*, 14 août 1907.)

« Depuis la publication des *Principia* de Newton, peu de livres ont produit dans le monde scientifique un aussi puissant intérêt que le livre de Gustave Le Bon sur *l'Evolution de la Matière.* » (*Irish Times*, 8 janvier 1909.)

« La traduction de *l'Evolution de la Matière* était désirable, car il serait difficile de trouver un livre d'une plus fascinante lecture. » (*Saturday Review,* 16 février 1907.)

Plus prompte que ses compatriotes à reconnaître sa grandeur et son importance scientifique, l'Académie de Belgique l'a, spontanément, nommé membre associé. C'est que, dans ce petit pays, le mien, actuellement dans une singulière effervescence scientifique, littéraire, industrielle, la valeur du savant a conquis les suffrages et une grande popularité. On est plus aisément prophète ailleurs que chez soi. Patience! Heure viendra qui tout payera!

§

Quand une famille a vécu durant un long passé dans l'ordre et le devoir, il en surgit parfois un être supérieur qui est comme la fleur ou le fruit de l'arbre familial.

Un grand homme est un produit mérité par les aïeux.

Or, dans l'ascendance de Gustave Le Bon se

trouvent Odet Carnot, capitaine aux armées, — noble maître Jean, François Tetiot du Demaine, procureur au Parlement, — noble maître Jean Pierre Tetiot du Demaine, avocat à la Cour, — Marie Tetiot du Demaine, capitaine de frégate, chevalier de Saint-Louis, — Pierre Tetiot des Martinais, directeur de l'Enregistrement, etc.

Puisque d'autres ont parlé avec enthousiasme de ce savant illustre, puisque ses œuvres commandent l'attention et l'admiration, puisque c'est un devoir fraternel d'aider à la gloire des grands serviteurs de la science et de l'humanité, je puis croire ne pas avoir dépassé la mesure dans cette Apologie où j'ai laissé courir ma plume au gré des entraînements de mes sympathies et de mes souvenirs.

BIBLIOGRAPHIE

—

1° Voyages, Histoire, Philosophie

Voyage aux monts Tatras, avec une carte et un panorama dressés par l'auteur (publié par la *Société géographique de Paris*).

Voyage au Népal, avec nombreuses illustrations, d'après les photographies et dessins exécutés par l'auteur pendant son exploration (publié par *le Tour du Monde*).

L'Homme et les Sociétés. — Leurs origines et leur histoire. Tome Iᵉʳ : Développement physique et intellectuel de l'homme. — Tome II : Développement des sociétés. (*Epuisé.*)

Les Premières Civilisations de l'Orient (Egypte, Assyrie, Judée, etc.). Grand in-4°, illustré de 430 gravures, 2 cartes et 9 photographies. (Flammarion.)

La Civilisation des Arabes. Grand in-4°, illustré de 366 gravures, 4 cartes et 11 planches en couleurs, d'après les photographies et aquarelles de l'auteur. (Firmin-Didot) *Epuisé.*

Les Civilisations de l'Inde. Grand in-4°, illustré de 352 photogravures et 2 cartes, d'après les photographies exécutées par l'auteur. 2ᵉ édition.

Les Monuments de l'Inde. In-folio, illustré de 400 planches d'après les documents, photographies, plans et dessins de l'auteur. (Firmin-Didot.) (*Epuisé.*)

Les Lois psychologiques de l'évolution des peuples. In-18. 9ᵉ édition.

Psychologie des foules. 1 vol. in-18. 15ᵉ édition.

Psychologie du Socialisme. 1 vol. in-8°. 5ᵉ édition.

Psychologie de l'Éducation. 1 vol. in-18. 11ᵉ édition.

2º *Recherches. expérimentales*

La Fumée du Tabac. 2ᵉ édition, augmentée de recherches nouvelles sur l'acide prussique, l'oxyde de carbone et divers alcaloïdes autres que la nicotine, que la fumée du tabac contient. (*Epuisé.*)

La Vie. — Traité de physiologie humaine. — 1 volume in-8º illustré de 300 gravures. (*Epuisé.*)

Recherches expérimentales sur l'Asphyxie. (Comptes rendus de l'Académie des sciences.)

Recherches anatomiques et mathématiques sur les lois des variations du volume du crâne. (Mémoire couronné par l'*Académie des sciences* et par la *Société d'Anthropologie* de Paris.) In-8º.

La Méthode graphique et les Appareils Enregistreurs, contenant la description de nouveaux instruments de l'auteur. 1 vol. in-8º, avec 63 figures dessinées au laboratoire de l'auteur. (*Epuisé.*)

Les Levers photographiques. Exposé des nouvelles méthodes de levers de cartes et de plans employées par l'auteur pendant ses voyages. 2 vol. in-18. (Gauthier-Villars.)

L'équitation actuelle et ses principes. — Recherches expérimentales. 3ᵉ édition. 1 vol. in-8º, avec 73 figures et un atlas de 200 photographies instantanées. (Firmin-Didot.)

Mémoires de Physique. Lumière noire. Phosphorescence invisible. Ondes hertziennes. Dissociation de la matière, etc. (*Revue scientifique.*)

L'Évolution de la Matière (18ᵉ mille), avec 62 figures.

L'Évolution des Forces (10ᵉ mille), avec 40 figures.

Il existe des traductions en Anglais, Allemand, Espagnol, Italien, Danois, Russe, Arabe, Polonais, Tchèque, Hindostani, etc., de quelques-uns des précédents ouvrages.

MÉMOIRES DE PHYSIQUE

publiés dans la *Revue scientifique* sur
l'Evolution de la matière (1).

Premières Notes sur la Lumière noire. — 5 notes de
janvier à mai 1896 (13 pages).
Nature des diverses espèces de radiations produites par les corps sous l'influence de la lumière.
— 20 mars 1897 (5 pages).
Propriétés des radiations émises par les corps sous l'influence de la lumière. — 1er mai 1897 (5 p.).
La Lumière noire et les propriétés de certaines radiations du spectre. — 29 mai 1897 (4 pages).
La Luminescence invisible. — 28 janvier 1899 (7 pages).
Transparence des corps opaques pour les radiations lumineuses de grande longueur d'onde. —
11 février 1899 (13 pages).
Le Rayonnement électrique et la transparence des corps pour les ondes hertziennes. — 29 avril
1899 (27 pages).
La Transparence de la matière et la lumière noire.
— 14 avril 1900 (19 pages).
L'uranium, le radium et les émissions métalliques.
5 mai 1900 (9 pages).
Les Formes diverses de la phosphorescence. — 8
et 15 septembre 1900 (61 pages).
La Variabilité des espèces chimiques. — 22 déc.
1900 (23 pages).
La Dissociation de la matière. — 8, 15 et 22 novembre
1902 (69 pages).
L'Énergie intra-atomique. — 17, 24 et 31 octobre 1903
(66 pages).
La Matérialisation de l'énergie. — 15 oct. 1904 (28 p.).

---

(1) Nous ne donnons pas ici la liste des notes publiées dans les Comptes
rendus de l'Académie des sciences parce qu'elles ont été développées avec
plus de détails dans les mémoires publiés presque en même temps dans
a *Revue scientifique.*

La Dématérialisation de la matière. — 12 et 14 nov. 1904 (36 pages).

Le Monde intermédiaire entre la matière et l'éther. — 10 et 17 décembre 1904 (22 pages).

La Dématérialisation de la matière comme origine de la chaleur solaire et de l'électricité. — (*Nature*, 16 décembre 1905.)

La dissociation universelle de la matière. — Réponse à quelques critiques, 9 juin 1906.

TABLE DES MATIÈRES

—

Poitiers — Imp. du MERCVRE DE FRANCE (Blais et Roy), 7, rue Victor-Hugo

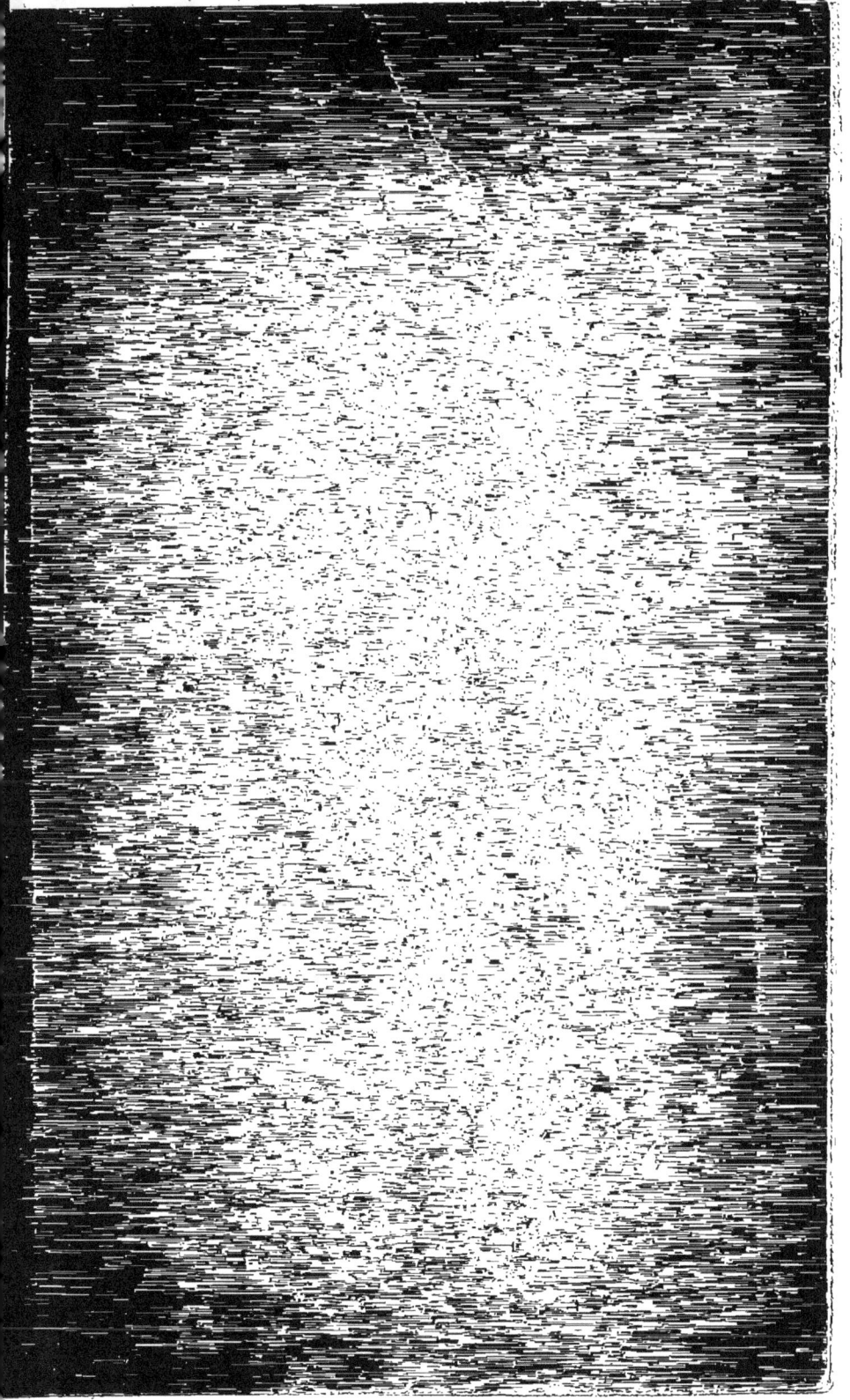

LES HOMMES ET LES IDÉES

Cette nouvelle Collection : *Les Hommes et les Idées*, est une œuvre de vulgarisation, dirions-nous, si ce mot, dont on a tant abusé, n'était suspect. Cependant, il n'en est pas d'autre, peut-être, qui la qualifie exactement, pourvu qu'on le prenne dans son sens le plus élevé et le plus général.

Mettre à la portée de tous, dans un format commode et à un prix minime, la connaissance précise des hommes et des idées d'aujourd'hui, et même d'hier, tel est en effet notre but.

Sans prétendre à l'universalité, notre domaine sera des plus étendus : les lettres, les sciences, l'histoire, la philosophie et toutes les études variées leur servant de base, enfin tout ce qui peut intéresser celui qui cultive son intelligence et veut se tenir au courant du mouvement intellectuel.

Ce lecteur, auquel nous faisons appel, se formera en même temps et à peu de frais une petite bibliothèque utile et d'intérêt durable.

Pensant que beaucoup de personnes désireront recevoir, au fur et à mesure de leur publication, et sans avoir à les commander, les ouvrages de la Collection *Les Hommes et les Idées*, nous avons établi un abonnement par séries de douze (de 1 à 12, de 13 à 24, etc.), aux prix suivants :

France....... 7 fr. 50   Étranger........ 8 fr.

OUVRAGES EN PRÉPARATION

Rudyard Kipling et la Littérature anglo-indienne, par HENRY-D. DAVRAY.

La Magie, sa Théorie, sa Pratique, ses Rapports avec la Religion, par A. VAN GENNEP.

Jules Renard, par HENRI BACHELIN.

Les Idées et le Théâtre de G. Bernard Shaw, par W. L. GEORGE et RAYMOND LAUZERTE.

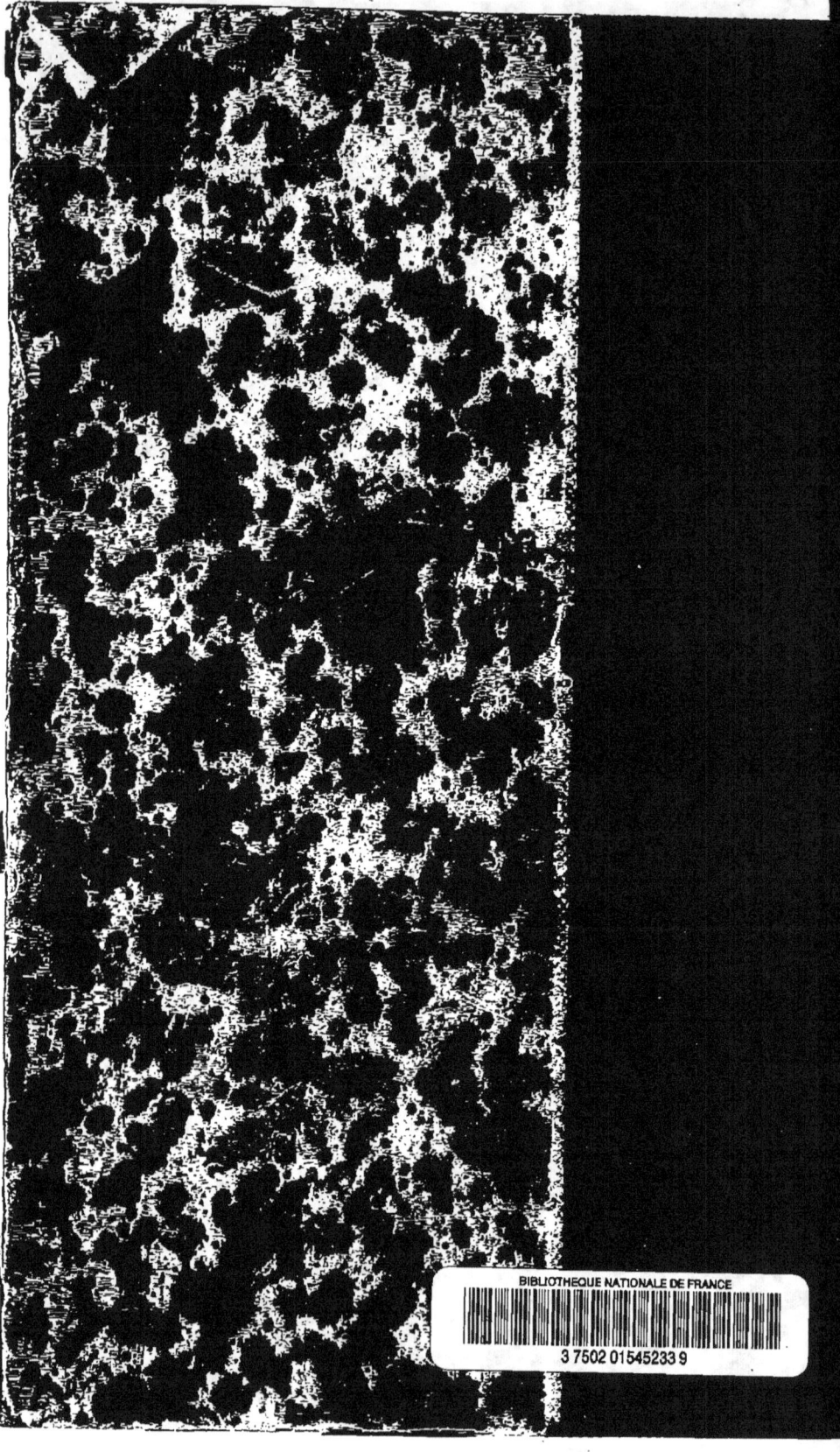

www.ingramcontent.com/pod-product-compliance
Lightning Source LLC
Chambersburg PA
CBHW060431260626
47161CB00005B/1879